馬上駿兵

「文法」であじわう名文

新典社新書 70

目　次

はじめに

「文法」と聞いて、皆さんどのようなイメージをお持ちになるでしょうか。

学生時代にわけもわからず丸暗記させられたイヤな記憶が、まざまざと蘇って来るかもしれません。

「コッ・キッ・クッ・クル・クレ・コッ」……ニワトリか！

さらに、古典文法ならまだしも、口語文法となると、何の必要があって勉強させられるのかさっぱりわからない。何しろ文法なんか知らなくったって、ちゃんと日本語を話し、文章を書いているわけですからね。

「文法」が重宝される向きがあるとしても、それは、「正しい日本語」を使うための道具として認識されていると思《おぼ》しい。文法がわかったところで、文学作品の良さがわかるわけではない、というのが、大方の考えでしょう。本を読んだり、話を聞いたりする上では、文法の出番はなさそうです。

本書は、そんな無用の長物扱いされることの多い「文法」を、あえて書名に冠してみました。とは言っても、かならずしも文法だけにこだわるのではなくて、言葉に注目して文章を読んでみよう、というのが本書の目論《もくろ》むところです。

「木を見て森を見ず」ということわざがありますけれども、逆に、森を見て木を見ないのも、正しい態度ではありません。森は木がなければ出来上らないのですから、木を見て森も見る必要があります。

文法というのは、文字どおり、文の法則、もう少し嚙《か》み砕いて言えば、言葉の使い方の決まりです。そういう言葉の使い方の決まりが積み重なって、ひとつの大きな文章になっているわけです。文章全体は、もちろん大切ですけれども、その文章を読むうえで、ひとつひとつの言葉をおろそかにすることはできません。

気にしなければそのまま読み過ごしてしまいそうな言葉を気に留《と》めてみることによって、今まで気づかなかった、「あじわい」と言われる曖昧模糊としたものが、少しはっきりしてくるかもしれません。

「接続助詞」であじわう名文

――夏目漱石『坊っちゃん』など――

不人情でなくって

夏目漱石の『坊っちゃん』は、近代文学中でも随一の人気作、日本人なら読んだことのない人はいないと言っても言い過ぎではないほど有名な作品です。

その『坊っちゃん』の中から、四国の中学校（と言っても旧制ですから、今の中学校とは違って五年制です）に赴任した坊っちゃんを、教頭の赤シャツと画学教師の野だいこが釣りに誘う場面を引いてみます。

赤シャツに釣りの経験を訊ねられた坊っちゃんが、わずかばかりの釣果を披露したのですが……。

「夫《そ》れじゃ、まだ釣《つり》の味は分らんですな。御望みならちと伝授しましょう」と頗《すこぶ》る得意である。誰が御伝授をうけるものか。一体釣や猟をする連中はみんな不人情な人間ばかりだ。不人情でなくって、殺生《せっしょう》をして喜ぶ訳がない。魚だって、鳥だって殺されるより生きてる方が楽に極《き》まってる。釣や猟をしなくっちゃ活計《かっけい》がたたないなら格別だが、何不足なく暮して居る上に、生き物を殺さなくっちゃ寐《ね》られないなんて贅沢な話だ。　（五）

猟はともかくとして、釣りは現代でも大変に人気があって、愛好者もずいぶんたくさんいらっしゃるようです。そういう方からすれば、こうまで悪口を言われると、耳が痛いのか、不愉快に思われるのかわかりませんけれども、ここはひとつ、大目に見ていただくことにしましょう。何せ坊っちゃんは、

江戸っ子は皐月《さつき》の鯉の吹き流し　口先ばかりではらわたはなし

などと揶揄《やゆ》される江戸っ子なのですから。

最初にも書いたとおり、とても人気のある『坊っちゃん』ですから、この作品は、これまでに数多く出版されています。また、もともとは大人向けに書かれた作品ですけれども、語り口が軽快で筋もはっきりしていてわかりやすいので、子供向けにもたくさんの本が出されているのも、ご存じのとおりです。
そんな子供向けに書かれた本を見ていたら、その中の一冊に、先ほどの引用文で傍線を付けた、

不人情でなくって、殺生をして喜ぶ訳がない。

の部分が、

不人情でなければ、生き物を殺して喜ぶわけがない。

と書き換えられているものがありました。

故人の文章、とりわけ多くの人たちに長く読み継がれている有名な作品を、後の時代の他人が勝手に書き換えるのはいかがなものか――それがたとえ子供にわかりやすい文章を提供しようという「善意」から為《な》されたことだったとしても――、と思いますけれども、そのことの是非はいまは措《お》いておくことにして、ここでは、何故、この部分が書き換えられているのか、その理由を考えてみたいと思います。

「殺生を」を「生き物を殺して」に変えているのは、難しい言葉をやさしい言葉に入れ替えた、単なる置き換えです。「殺生」なんて、死語とまでは言えないにしても、現在では大人でも滅多に使わないような漢語ですから、子供がわかりにくいと思われるところをやさしい言葉に書き換えたということなのでしょう。すぐ後に出て来る「生き物を殺さなくっちゃ」に言い方を揃えた、ということもあるのかもしれません。けれども、「なくって」を「なければ」にしているのは、言葉そのものが別段難しいわけではありませんから、それとは少々事情が違いそうです。

それでは、「なくって」と「なければ」とでは、どう違うのでしょうか。

まず、書き換えられた「不人情でなければ」という言い方について、考えてみることにしましょう。この「なければ」の「ば」は接続助詞ですけれども、その接続の仕方は条件接続——簡単に言うと、その助詞の前の部分が、後の部分の原因となっていることを示すもの——です。

鼻は——あの顋《あご》の下まで下っていた鼻は、殆《ほとん》ど嘘のように萎縮して、今は僅《わずか》に上唇の上で意気地なく残喘《ざんぜん》を保っている。所々まだらに赤くなっているのは、恐らく踏まれた時の痕《あと》であろう。こうなれば、もう誰《たれ》も哂《わら》うものはないのにちがいない。——鏡の中にある内供の顔は、鏡の外にある内供の顔を見て、満足そうに眼をしばたたいた。

（芥川龍之介『鼻』）

禅智内供《ぜんちないぐ》が苦にしていた長い鼻が、弟子が教わって来た法が功を奏して短かくなった時の内供の心境を表わした部分です。「こうなれば、もう誰も哂うものはないのにちがいない」とありますが、これは、「こうなる」と「もう誰も哂うものはないにちがいない」とが、因果関係のある事柄として、示されている表現です。「こうなる（＝鼻が短くなる）」ことが原因で、それが「もう誰も哂うものはない」という結果を生む、ということです。

これと同じように、「不人情でなければ……」という表現なら、「不人情でない」ことと「生き物を殺して喜ぶわけがない」こと、言い換えれば、「不人情である」ことと「生き物を殺して喜ぶ」こととの間に、因果関係があることになります。つまり、生き物を殺して喜ぶのはその人が不人情だからだ、ということになって、この文の論理関係が、頗《すこぶ》るはっきりします。

それに対して、漱石が書いたもともとの「不人情でなくって、殺生をして喜ぶ訳がない」

はどうでしょうか。

この場合の「て」は、「ば」と同じ接続助詞ですけれども、こちらは「ば」のような接続の仕方ではなくて、前後の論理関係を規定しない単純な接続――条件接続に対して、これを列叙《れつじょ》接続と言います――です。

小泉純一は芝日蔭町《しばひかげちょう》の宿屋を出て、東京方眼図を片手に人にうるさく問うて、新橋停留場《ていりゅうば》から上野行の電車に乗った。目まぐろしい須田町の乗換も無事に済んだ。扨《さて》本郷三丁目で電車を降りて、追分《おいわけ》から高等学校に附いて右に曲がって根津権現《ごんげん》の表坂上にある袖浦館という下宿屋の前に到着したのは、十月二十何日かの午前八時であった。

（森鷗外『青年』壱）

「小泉純一は芝日蔭町の宿屋を出た」と「東京方眼図を片手に人にうるさく問うた」と「新橋停留場から上野行の電車に乗った」、「本郷三丁目で電車を降りた」と「追分から高等学校に附いて右に曲がった」と「根津権現の表坂上にある袖浦館という下宿屋の前に到着した」と、というふうに、それぞれそれだけでも独立したひとまとまりになっている部分を、「て」によって次々に繋いでいます。

「て」はそういう使われ方をする助詞ですから、「不人情でなくって、……」なら、「不人情でない」ことと「殺生をして喜ぶ」ことを単純に繋いでいるだけで、明確な論理関係では捉えていないことになります。それで、「不人情でなければ……」の場合と比べると、前後の関係が、やや曖昧になる憾《うら》みがあるようにも思われます。

それが、「なくって」を「なければ」に書き変えることによって、「生き物を殺して喜ぶ」ことの原因が「不人情である」ことにあるのが明らかになります。わかりやすさ、という一点に絞って考えれば、もともとの「なくって」より、書き換えられた「なければ」の方が勝っていると言えるかもしれません。それで、前後の繋がりをより明瞭にするために、書き換えられたのではないかと思います。

漱石の書いた文が、日本語として間違っているとか、そのままでは意味を理解しがたい悪文だというのであれば、百歩譲って――本当は一歩も譲りたくないところではあるのですが……――書き換えを認めるとして、ここが本当に書き換えを必要とするような不明瞭な文なのかを考えてみる必要があるでしょう。

定石でなくって

同じような言い方をしている例を見てみます。次にあげるのは、同じ漱石の『吾輩は猫である』の一節、迷亭と独仙が碁を打つ場面です。


「君が白を持つのかい」

「どっちでも構わない」

「流石《さすが》に仙人丈《だけ》あって鷹揚《おうよう》だ。君が白なら自然の順序として僕は黒だね。さあ、来給え。どこからでも来給え」

「黒から打つのが法則だよ」

「成程。然《しか》らば謙遜して、定石《じょうせき》にここいらから行こう」

「定石にそんなのはないよ」

「なくっても構わない。新規発明の定石だ」　（一二）

同じ「なくって」でも、これならおかしなことはありません。「(定石で) ない」ということと「構わない」ということが、単純に接続されています。「(定石で) ない」と「構わない」には因果関係があるわけではありませんから、ここを「なければ構わない」などと言い換えることはできませんね。

こういう使われ方をする「て」が、「不人情でなくって」にも、同じように使われているのです。

取りえずは

唐突なようですが、ここで竹取物語の一節を引用します。

美しく成長したかぐや姫に対して、五人の貴公子が求婚しますが、貴公子たちは、結婚の条件として、かぐや姫からそれぞれ難しい課題を課せられます。いずれも、到底手に入れられそうもないようなものを持って来るように、と要求されるのです。実のところ、明らかな断りの口実で、まったく脈はないのですが、貴公子たちはそんなことは気にも掛けずに、かぐや姫との結婚に向かって突き進みます。

そのうちの一人、大伴《おおとも》の大納言《だいなごん》に求められたのは、龍《たつ》の首にあるという「五色《ごしき》に光る玉」でした。そもそも龍を探し出すこと自体、できるかどうかわからないのに、そのうえでさらに、その龍を殺さなければ玉を手に入れることはできないのですから、難しいにもほどがあります。

それでも、大納言はそんなムチャな要求を物ともせず、龍の首の玉を手に入れようとします。もっとも、自ら取りに赴くのではなくて、まずは家来たちに取って来ることを命じるのですが……。

大納言は、家来たちにこう言い放ちます。

「龍の首の玉、取りえずは、家に帰り来《く》な」

家来たちは、「天《きみ》の使ひといはむものは、命を捨てても、おのが君の仰せごとをば、叶へむとこそ思ふべけれ」（主君に仕える家来というものは、命を捨ててでも、自分の主君の命令を、叶えようと思って当然だ）、とか、「君の仰せごとをば、いかが背くべき」（主君の命令を、どうして背いて良いものか）などと息捲く大納言に愛想を尽かして、出掛けて行ったまま戻って来ませんでした。大納言は、椀飯振舞《おうばんぶるまい》で家来たちに食料や金品を分け与えはしているのですけれども、それだけで、そんな命がいくつあっても足りないような命令に、素直に従うわけには行きません。それで結局は、大納言自身が海に出ることになるのですが、そのあたりの顚末はご自身で原文に当たっていただくこととして、「龍の首の玉……」の文に戻ることにします。

この部分は、古くは「龍の首の玉、取りえずば」と濁って訓《よ》まれる事が多かったようです。この場合の「ば」は接続助詞で、「龍の首の玉、取りえず」と「家に帰り来な」を因果関係として捉えているわけで、「龍の首の玉を、取ることができなければ、家に帰って来るな」という意味になります。

ですが、実は、この「ずば」という言い方は、漢文訓読から出たものらしく、江戸時代以降に使われるようになったもののようです。それが、それ以前の作品の表現の解釈にも誤って取り入れられてしまっていたのですが、昭和のはじめに橋本進吉さんが「ずは《ワ》」と清音で訓むべきことを明らかにして以来、「は」は係助詞で、「……ないで」と訳すのが正しい、とされるようになりました。

それでも、「龍の首の玉を、取ることができないで、帰って来るな」というふうに訳すのがどうにも落ち着かないからか、今でも、「……できなければ」と訳されることが少なくないようです。文法的には接続助詞ではないのに訳は接続助詞のようにする、というのはどうにも妙な話ですね。

もっとも、「龍の首の玉、取りえず」と「家に帰り来な」との関係を考えた場合、接続助詞のように捉えた方が、わかりやすいようにも感じられます。とは言え、現代人なら、「ば」で論理的に考えたくなるところだとしても、古代の人が、現代人と同じ論理で考えたとは限りません。

ここは、そういう文なのではなくて、「龍の首の玉、取りえずは、家に帰り来」（龍の首の玉を、取ることができないで、家に帰って来る）ということ全体を、「な」で禁止している表現なのです。つまり、

龍の首の玉、取りえずば　∨　家に帰り来な。

なのではなくて、

龍の首の玉、取りえずは、家に帰り来　∨　な。

ということです。一見、「龍の首の玉、取りえず」と「家に帰り来な」が因果関係にあるように思えますけれども、そうではありません。つまり、「ずば」と訓む場合と、「ずは」と訓む場合とでは、たった一文字の清む濁るの違いなだけではなくて、実は文の構造そのものがまったく違って来るのです。

「ずは」の「は」は、先ほども書いたとおり係助詞で、先ほどから問題にしている接続助詞ではありませんけれども、この「ずは」と「ずば」の違いは、最初にあげた『坊っちゃん』の文の「なくって」と書き換えられた「なければ」の違いを考えるうえで、参考になると思います。

参考：橋本進吉『上代語の研究』(岩波書店)

御小遣がなくて

それでは、これはどうでしょうか。再び、『坊っちゃん』の一場面です。

只《ただ》食い物ばかりではない。靴足袋《くつたび》ももらった、鉛筆も貰った。帳面も貰った。是《これ》はずっと後の事であるが金を三円許《ばか》り貸してくれた事さえある。何も貸せと云った訳ではない。向《むこう》で部屋へ持って来て御小遣がなくて御困りでしょう、御使いなさいと云って呉《く》れたんだ。おれは無論入《い》らないと云ったが、是非《ぜひ》使えと云うから、借りておいた。実は大変嬉しかった。（一）

坊っちゃんが、下女の清《きよ》が子供のころから自分のことを可愛がってくれていたことを回想している場面です。「御小遣がない」のと「困る」のとは因果関係になりうる事柄ですから、条件接続を使って「御小遣がなければ御困りでしょう」という言い方をすることもできそうです。

でも、そうなると、何となく理屈っぽい、押し付けがましい印象を与えないでもありません。言っている意味そのものは大きく変わらないにしても、印象の違いはありますね。それでは、『坊っちゃん』に描かれた清の人柄と、そぐわないように感じられます。清は、坊っちゃんが「御小遣がなくて御困り」だということを推測して、坊っちゃんにお金を渡したわけです。

ここでは、因果関係としても捉えられる事柄を、条件接続ではなく単純な接続で表現することで、言葉にやわらかい印象を与えることになっていると思います。

それで、最初の文に戻りますと、改めて説明するまでもないでしょうけれども、こういうことになります。

「不人情でなくって、殺生をして喜ぶ訳がない」という表現は、「不人情でなくって、殺生をして喜ぶ」ことに対して、そんな「訳はない」と言っているのです。「不人情でない人が殺生をして喜ぶ」というありえない事柄を、否定する表現です。

不人情でなければ　∨　生き物を殺して喜ぶわけがない。

に対して、

不人情でなくって、殺生をして喜ぶ　∨　訳がない。

ということなのです。「殺生をして喜ぶ」ことの原因が「不人情」にあるということを論理的に捉えているのではないのです。

これはもとより、日本語が論理性を欠く言語だ、ということではありません。実際、論理的に物を言うためには、条件接続を使うことができるわけです。同じような事柄を表わすのに、その場に応じて論理的な言い方もできるし、そうでない言い方もできるということです。

坊っちゃんは、赤シャツの、人を小馬鹿にしたような物言いが癪《しゃく》に障って、その腹癒《はらい》せに直情的に悪態をついているだけで、哲学的、道徳的な観点から釣りや猟を批判しようとしているわけではないのでしょう。釣りや猟に対する論理的な批判を展開するのであれば、条件接続の方が適しているのだろうと思いますけれども、ここは感情的な批判、というより悪口ですから、そういう論理的な言い方を使わない方が、より効果的だと言えるかもしれません。

そういう日本語の多様性を考えた時――むろん、多様性のあるのはこと日本語に限ったわけではないでしょうけれども――、特に子供に与える本であれば、わかりやすさだけを優先して、日本語の良さを消してしまうような画一的な統一をすることのないように願いたいものです。

つかまえないで

同じような例を、もう少しあげておきましょう。

「いや、すべて僕の想像にすぎないのだ。それに迂闊《うかつ》にしゃべれない性質のことなんだ。今は聞かないでくれたまえ。ただ、僕の想像が間違いでなかったら、この事件は表面に現われているよりも、ずっとずっと恐ろしい犯罪ということを、頭に入れておいてくれたまえ。そうでなくて、病人の僕がこんなに騒いだりするものかね」

そこで、私は看護婦にあとを頼んでおいて、ひとまず病院を辞したのであるが、私が病室を出ようとした時、弘一君が鼻歌を歌うような調子でフランス語で、「シェルシェ・ラ・ファンム（女を探せ）」とつぶやいているのを耳にとめた。

（江戸川乱歩『何者』病床の素人探偵）

この例では、「そうでなくて」を「そうでなければ」と言い換えることもできそうです。けれども、この文は、「そうでない」ことと「病人の僕がこんなに騒いだりするものかね」を因果関係で捉えているのではなくて、「そうでなくて、病人の僕がこんなに騒いだりする」を「ものかね」で否定しているのです。

いま一例。

子供向けの本における原文の書き換えを切っ掛けに話を進めて来ましたので、最後にまた、子供向けの作品を取り上げておくことにします。

カッレはそこに横になって、ペータースが――ニッケが閉じこめられ、カッレが逃げたという想像もしなかった話のいきさつをはっきり知ったときのまるで地震のようなさわぎをきいていた。

「追っかけろ、やつをつかまえろ！」と、ペータースはあらあらしくどなった。「やつをつかまえないで帰ってくるなよ。手ぶらでもどってきたら、どうするかおぼえていろ。」

ブルムとスヴァーンベルィは駆けだしていった。

（アストリッド・リンドグレーン＝尾崎義《よし》訳『名探偵カッレとスパイ団』）

スパイ団の親分ペータースが、アジトから逃げ出した少年カッレ——名探偵カッレ・ブルムクヴィスト——を摑まえて連れ戻すことを子分たちに命令している言葉ですけれども、これは、「やつをつかまえ」ることが、子分たちが「帰ってくる」ための条件だと言っているのではなくて、子分たちが、「やつをつかまえないで帰ってくる」ことを、禁止しているのです。

こちらは翻訳ものですけれども、これも歴《れっき》とした日本語の表現ですし、子供でもこういう文を理解することができるのだという実例でもありますから、ご参考に供する意味はあるのではないかと思って付け加えました。

「文脈の折れまがり」であじわう名文

―中島敦『山月記』など―

ここへ差し出されるのを

岡本かの子は、今では芸術家・岡本太郎の母親としての方が有名かもしれませんけれども、大正から昭和にかけて、歌人・作家として活躍した人です。かの子の生涯を描いた瀬戸内晴美（寂聴）の小説『かの子撩乱《りょうらん》』を読んで、その奔放なひととなりを知ったという方もいらっしゃるかも知れません。

そのかの子の作品の中から、『家霊《かれい》』という作品を取り上げることにします。

> 板壁の一方には中くらいの窓があって棚が出ている。客の誂《あつら》えた食品は料理場からここへ差し出されるのを給仕の小女は客へ運ぶ。客からとった勘定もここへ載せる。それ等《ら》を見張ったり受取るために窓の内側に斜めに帳場格子を控えて永らく女主人の母親の白い顔が見えた。今は娘のくめ子の小麦色の顔が見える。

傍線を付けたひとつ目の文の文脈は、少々わかりづらいかもしれません。「客の誂えた食品は、……給仕の小女は……運ぶ」となっていて、「客の誂えた食品は」を受ける部分が、一見したところでははっきりとしないからです。

この文の主語は、冒頭にある「(客の誂えた)食品」でしょう。では、これを主語とすると、述語はどれでしょうか。

文の一番最後に来るのが述語だという原則に則《のっと》れば、この文の述語は「(客へ)運ぶ」だということになりそうです。けれども、「(客の誂えた)食品」が、「(客へ)運ぶ」という動作をするわけではもちろんないのですから、これは「(客の誂えた)食品」に対する述語には当たりません。それでも、この「(客へ)運ぶ」が何かの述語になっているのは間違いありませんので、その主語を探してみると、直前にある「(給仕の)少女」だということになりそうです。

それでは、文の最初に出て来た「(客の誂えた)食品は」の述語は、どこに行ってしまったのでしょうか。

「(客の誂えた)食品」がどうなったのかを考えれば簡単にわかりますが、その述語は、「(料理場からここへ)差し出される」になるはずです。けれども、この文はそこでは終わらないで、後の部分へと続いているのです。

改めて言うまでもないでしょうけれども、主語とは、文の中で叙述される事物を表わす部分、述語とは、その事物について叙述する部分を指します。

誰ガ　∨　ドウシタ。
何ガ　∨　ドンナダ。

という場合の「誰ガ」「何ガ」の部分が主語で、「ドウシタ」「ドンナダ」の部分が述語ですね。ひとつの文の中に主語と述語が複数存在する「複文」という考え方もありますけれども、その場合にも、主語に当たる部分と述語に当たる部分が対になって存在しているのがふつうです。それで、この文に主語―述語という考え方を当てはめようとすると、おかしな感じがするかもしれません。

この文は、当初、

客の誂えた食品は　∨　料理場からここへ差し出される。

という文脈だったのですが、それがそのまま、

料理場からここへ差し出されるの（＝食品）を　∨　給仕の小女は客へ運ぶ。

と続いているのです。「(料理場からここへ) 差し出される」というのは「(客の誂えた) 食品」の述語ですけれども、それが同時に「(給仕の少女は客へ) 運ぶ」の修飾語になっています。つまり、「(料理場からここへ) 差し出される」が、前の部分との関係では述語

として、後の部分との関係では修飾語として、二重の働きをしているのです。言い換えると、この文は、途中で視点が変わって、「(客の誂えた) 食品」の話題だったのが、「給仕の小女」の話題になっているわけです。

これをふたつの文に分けて、

客の誂えた食品は料理場からここへ差し出される。差し出された食品を給仕の小女は客へ運ぶ。

などというふうにすることもできたでしょうけれども、そうはしないで、ひとつの文にまとめて表現しているのです。

最初に引用した部分のふたつ目の傍線を付けた文も、同じ理由でわかりにくいかもしれません。

「それ等（＝客から取った勘定）を見張ったり受取るために」とあるのですから、その文の文末は、「永らく女主人の母親がいた」とでもありそうなものですが、「女主人の母親の白い顔が見えた」という客の視点で書かれています。つまり、最初、作者の視点による描写だったのが、文の途中で客の視点に変わっています。

小学校の作文でこんな文を書いたら、先生にたちまち赤ペンで直されてしまいそうですけれども、実際の国語の表現には、こういった、文の途中で視点の変わるものが、少なくありません。文の途中で最初とは違った文脈になっているので、「文脈の折れまがり」という言葉で説明されます。また、内容としてはそれぞれ完結しているまとまりのある内容の文が、鎖の輪のように次へ次へと繫がっていくことから、「鎖型《くさりがた》構文」と呼ばれることもあります。

なほ行き行きて

「文脈の折れまがり」などと言っても、あまり耳慣れないかもしれませんけれども、こういう表現は、古典の文を読んでいると良く出て来ます。

なほ行き行きて、武蔵の国と下総《しもつふさ》との中に、いと大きなる河あり。それを、隅田川といふ。

（『伊勢物語』第九段）

（さらにどんどん行って、武蔵の国と下総の国との間に、たいそう大きな河がある。それを、隅田川という。）

有名な「東下《あずまくだ》り」の一節ですが、「なほ行き行きて」と始まった文の終わりが「いと大きなる河あり」で結ばれているのは、いまひとつしっくりと来ないようにも感じられるかもしれません。同じ段の少し前の部分に、「行き行きて、駿河の国に至りぬ」という文があることから考えれば、こちらも、「なほ行き行きて、武蔵の国と下総の国との中に至りぬ」などとなっていてもおかしくなさそうなところです。

それが、文の途中で文脈が折れまがって、「武蔵の国と下総の国との中に、いと大きなる河あり」という文脈に変わっているのです。「武蔵の国と下総の国との中に」は、途中まで一文の述語に繫がる部分になりそうな働きをしていたのですが、「いと大きなる河あり」の修飾語に変わったということです。

ある人の言はく、「皮は、火にくべて焼きたりしかば、めらめらと焼けにしかば、かぐや姫、逢ひたまはず」と言ひければ、これを聞きてぞ、とげなきものをば、「あへなし」と言ひける。

（『竹取物語』）

（ある人が言うには、「皮は、火にくべて焼いたので、めらめらと焼けてしまったので、かぐや姫は、結婚なさらない」と言ったので、これを聞いて、やり遂げられないものを、「あえなし（阿倍なし）」と言ったのだった。）

かぐや姫から、結婚の条件として、火で焼いても焼けない「火鼠《ひねずみ》の皮衣《かわぎぬ》」を持って来るよう要求された右大臣阿倍のみむらじ（「阿倍のみあらし」あるいは「阿倍の御主人《みうし》」とする本もあります）は、大枚をはたいて唐土《もろこし》の商人から皮衣を手に入れます。それを火にくべたところ、皮衣はニセ物で、あえなく焼けてしまったので、かぐや姫との結婚は実現しませんでした。

ここでは、「皮は、火にくべて焼きたりしかば、めらめらと焼けにき」と「めらめらと焼けにしかば、かぐや姫、逢ひたまはず」というふたつの事柄が、ひとつの文にまとめられています。

築土《ついひぢ》の上の草、青やかなるも、人は殊《こと》に目もとどめぬを、あはれとながむるほどに、近き透垣《すいがい》のもとに人のけはひすれば、誰《たれ》ならむと思ふほどに、故宮《こみや》にさぶらひし小《こ》舎人童《どねりわらは》なりけり。

（『和泉式部日記』）

（土塀の上の草が、青々としているのも、他の人は特別に目も止めないのを、しみじみと物思いにふけっている時に、手前の垣根の側《そば》で人の気配がするので、誰だろうと思っていると、亡き宮様にお仕えしていた小舎人童だった。）

傍線を付けた、「人は殊に目にとどめぬを」の「を」には、逆接の接続助詞として、「他人は特別に目もとめないけれども……」と解釈する考え方もありますけれども、ここはそうではなくて、「築土の上の草、青やかなるも、人は殊に目もとどめず」という文が、「人は殊に目もとどめぬ（築土の上の草）を、あはれとながむるほどに……」と折れまがっている文脈だと考えるべきだろうと思います。

神無月《かみなづき》の頃、来栖野《くるすの》といふ所を過ぎて、ある山里に訪ね入ることはべりしに、遥かなる苔の細道を踏み分けて、心細く住みなしたる庵《いほり》あり。　（『徒然草』第一一段）

（十月の頃、来栖野という所を通り過ぎて、ある山里に人を訪ねて入ることがありました時に、遥か遠くの苔生《む》した細道を踏み分けて行って、寂しく住んでいる庵がある。）

この場面で、「ある山里に訪ね入ることはべりしに、遥かなる苔の細道を踏み分け」ているのは作者だと考えられますけれども、「心細く住みなし」ているのは作者ではなく、「庵」の主人です。とすると、庵の主人が「遥かなる苔の細道を踏み分けて、心細く住みなしたる」と繋がっているとも考えられます。文の途中で、主語が作者から庵の主人に変わっているわけです。

参考：遠藤嘉基『新講和泉式部物語』（塙書房）　塚原鉄雄『新講古典文法』（新典社）

ばかりではない

こういうふうに、「文脈の折れまがり」という現象は、古典の文に顕著に見られるのは確かなのですが、実は最初にご紹介した岡本かの子の文のように、近代の文にも、同じような表現が、案外たくさん使われています。その実例を、ここでいくつか紹介しておきましょう。

幸田文の『みそっかす』から。

ピアノがやみ、叔母さんが手を洗い、そして食卓に呼ばれたが、もはや口を利く気もなく物をたべる気もなかった。「御飯がいやなら何でも好きなものをおあがり」と云《い》う叔母を、「あまやかしてはいけない」と制しておばあさんは、「帰りたいと云うのだがねえ」と切りだした。「よその家に厄介《やっかい》になっている分際で」という文句があった。「そんなことを云ったって母さん、こんな小さい子供ですもの無理はない、それに片親の子だもの。」箸を投げて目を蔽《おお》った。それなり寝床に連れて行かれた。お父さんは迎えに来た。弟を肩に掻きあげ、私を膝に抱きよせ、お父さんのセルの着物が頰に痛かった。

（あね）

「箸を投げて……」以降の部分を見てみると、「……目を覆った」「……連れて行かれた」は「私」を主語とする文です。そして、次の文の「……迎えに来た」の主語は、むろん「お父さん」です。さらにその次の文の「弟を肩に掻きあげ」「私を膝に抱きよせ」も、主語は同じく「お父さん」ですけれども、それに続く傍線部の「お父さんの……頰に痛かった」では、主語が「私」になっています。

つまり、「弟を肩に掻きあげ……」の文は、最初「お父さん」を主語とする表現だったのですが、途中から、その「お父さん」に「抱きよせ」られた「私」を主語とする文に変わっているのです。

作者の視点による、「私」たちを迎えに来た「お父さん」についての客観的な描写だった文が、途中から「お父さんのセルの着物が頰に痛かった」という「私」の主観的な描写に変わっているわけですが、それによって、「お父さん」が迎えに来てくれたことに対する「私」の喜びを感じられる表現になっていると言えるでしょう。

続いて、夏目漱石の『それから』より。

其《その》日誠吾は中々金を貸して遣《や》ろうとは云わなかった。代助も三千代が気の毒だとか、可哀想《かわいそう》だとか云う泣言《なきごと》は、可成《なるべく》避ける様《よう》にした。自分が三千代に対してこそ、そう云う心持もあるが、何《なんに》も知らない兄を、其所迄《そこまで》連れて行くのには一通りでは駄目だと思うし、と云って、無暗《むやみ》にセンチメンタルな文句を口にすれば、兄には馬鹿にされる、ばかりではない、かねて自分を愚弄《ぐろう》する様な気がするので、矢っ張り平生の代助の通り、のらくらした所を、彼方《あっち》へ行ったり此方《こっち》へ来たりして、飲んでいた。（六）

傍線を付けたところは、途中の「無暗にセンチメンタルな文句を口にすれば、兄には馬鹿にされる」までで文を区切ることもできそうですけれども、ここでは、句点ではなく読点を打つことで、後の部分に繋がっています。

読点を打たずに「兄には馬鹿にされるばかりではない」としても意味は通じますけれど

も、そうすると、「兄には馬鹿にされる」という事柄が弱まりますし、句点を打って「兄には馬鹿にされる。（それ）ばかりではない」としてしまうと、前の部分との繋がりが途切れてしまいます。

ここは、代助が兄から金を借りるという目的がありながら、それを言い出さずに「矢っ張り平生の代助のとおり、……飲んでいた」理由を説明する一連の部分です。それを、「兄には馬鹿にされる」で切ってしまうと、それがストレートには伝わりにくくなってしまうかもしれません。

それで、「……飲んでいた」ことの理由として、「兄には馬鹿にされる」と「かねて自分を愚弄する様な気がする」のふたつの事柄を、ひと続きの文にするのではなく、かと言ってすっぱりふたつの文に分けてしまうこともなく、読点を打つことによって、一文の中で並列して示しているのでしょう。

同じような例は、そのほかにもまだあります。以下、いくつかの例を簡単に説明するに止《とど》めますが……。

中里恒子『墓地の春』から。

日に日に激化して、ひろがってゆく戦況のなかで、私たちは硬《こわ》ばったように、ぎこちなくなっていた。職業上の理由で、マリアンヌの父親は禁足され、生活の圧迫は重加して、遂に家も何も売り払って、一家は不自由な冷たい生活にはいってゆくのを、私たちは傍観しているばかりだった。

これは、マリアンヌの一家の生活の状態の変化を語っていた文脈が、それを見ている「私たち」の視点に変わっています。「一家は不自由な冷たい生活にはいっていった。それを私たちは……」というふうにふたつの文に分ければ論理的にはわかりやすいのでしょうけれども、それがひとつの文で表現されています。

室生犀星《むろうさいせい》の『あにいもうと』より。

水の中ですら赤座の嗄声《しゃがれごえ》が歇《や》まずにどなり散らされた。どんな速い底水のある淵でも赤座はひらめのようにからだを薄くして沈んで行き、水中の息の永い事は人夫達も及ばなかった。人夫たちは水の中で怒った形相をこわがったが、水の中からあがると何時も機嫌がよかった。

引用した最後の文で、「人夫たち」を主語とする、人夫頭《がしら》の赤座の「水の中で怒った形相をこわがった」という文脈が、そのまま赤座を主語とする「水の中からあがると何時も機嫌がよかった」という文脈に変わっています。その前の文も、あまり気にならないかもしれませんけれども、赤座を主語として「沈んで行き」と言っているのですから、「人夫たちを寄せ付けなかった」とでもあった方が、ふつうのように思います。

気にしていなければうっかり読み過ごしてしまいますけれども、こういう文は、けっして珍しいものではないのです。

耳を傾けている

さて、これまで説明して来たような文脈の折れまがり――文の途中で視点の変わる文を、非常に効果的に使っていると考えられる作品があります。

まずは先ほども取り上げた漱石の作品で、今度は『三四郎』の例です。

熊本から就学のために上京する三四郎が、名古屋から乗り合わせた男――後に広田先生だとわかります――と、汽車の中で話をしている場面です。

「然《しか》し是《これ》から日本も段々発展するでしょう」と弁護した。すると、かの男は、すましたもので、

「亡《ほろ》びるね」と云った。――熊本でこんなことを口に出せば、すぐ擲《な》ぐられる。わるくすると国賊取扱《こくぞくとりあつかい》にされる。三四郎は頭の中の何処《どこ》の隅にも斯《こ》う云う思想を入れる余裕はない様な空気の裡《うち》で生長した。だからことによると自分の年齢《とし》の若いのに乗じて、他《ひと》を愚弄するのではなかろうかとも考えた。男は例の如くにやにや笑っている。其癖《そのくせ》言葉つきはどこ迄《まで》も落付いている。どうも見当が付かないから、相手になるのを已《や》めて黙って仕舞《しま》った。すると男が、こう云った。

「熊本より東京は広い。東京より日本は広い。日本より……」で一寸《ちょっと》切ったが、三四郎の顔を見ると耳を傾けている。

「日本より頭の中の方が広いでしょう」と云った。「囚《とら》われちゃ駄目だ、いくら日本の為を思ったって贔屓《ひいき》の引倒《ひきどう》しになる許《ばかり》だ」

此《この》言葉を聞いた時、三四郎は真実に熊本を出た様な心持がした。　　（一）

内容としてもずいぶん考えさせられるところのあるもので、深くあじわってもらいたいと思うのですが、いま問題にしたいのは、傍線を付けた、「三四郎の顔を見ると耳を傾けている」の部分です。

その前の部分までに出て来る文の文末を抽《ぬ》き出してみると、「……弁護した」「……と云った」「……成長した」「……考えた」「……笑っている」「……落付いている」「……黙って仕舞った」「……こう云った」とあります。また、その後の文も、「……と云った」「……心持がした」となっています。いずれも、作者の視点で書かれている、三四郎と男の会話の場面を描写した客観的な表現です。

なお、「――」の後の箇所の、「熊本でこんなことを口に出せば、すぐ擲ぐられる。わるくすると国賊取扱にされる」の後は、表記としては句点になっていますけれども、これは、続く「三四郎は頭の中の何処の隅にも斯う云う思想を入れる余裕はない様な空気の裡で生長した」の部分の説明のための挿入句的な表現ですから、実際にはここで句が切れているわけではありません。

ここで三四郎の顔を見たのが作者ではない、と断言することはできないかもしれませんけれども、作者は三四郎と男の会話している場面を、もっと客観的な視点で眺めていますから、作者ならわざわざ「顔を見ると」という言い方をするのもおかしいように思います。この部分は、「三四郎は耳を傾けている」とでもあった方が、文脈として作者の視点で一貫していると言えるでしょう。それが、「三四郎の顔を見ると耳を傾けている」という表現になっているのです。

では、三四郎の顔を見たのは、一体誰なのでしょうか。作者ではないとすると、そこに登場して三四郎の顔を「見る」べき人物は、唯一、三四郎の相手たる男以外ではありえないでしょう。

三四郎は、男が本気で話をしているのかどうか、「どうも見当が付かないから、相手になるのを已めて黙って仕舞った」のですが、かと言って話を聴くのをやめたわけではなかったのです。男は、話の核心に入る前に、黙ってしまった三四郎が自分の話にまだ「耳を傾けている」のを確かめたうえで、改めて「日本より頭の中の方が……」と言葉を継いだものと見ることができるだろうと思います。三四郎に対する自分の言葉の与える効果を十分に見極めたうえで、一番重要なことを投げかけたのです。

作者の視点なら、客観的にその場の出来事を表現することができますし、登場人物の視点なら、読者がその場にいるような臨場感のある表現をすることができます。どちらの表現にも利点があるわけですけれども、この文は、文の途中で文脈を折りまげて視点を変えることによって、その場の出来事を客観的に語りながら、同時に臨場感をも持たせることを実現している表現なのではないかと思います。

再びその姿を見なかった

もうひとつ、中島敦の『山月記』を取り上げることにします。

監察御史《かんさつぎょし》（古代の中国で、地方の行政を監視する役人です）を務める袁傪《えんさん》が、商於《しょうお》という土地を通りかかった時、旧知の李徴《りちょう》に遭遇するのですが、李徴は既に人の姿ではなく、人喰虎《ひとくいどら》に変身してしまっていました。李徴は袁傪に、一別後に自分が虎になるに至るまでのことを語った後で、そこを立ち去る時に丘の上からこちらを振り返って見てほしいと言います。それは、虎になった自分の姿を見せることで、袁傪に二度と自分に会おうという気を起こさせないようにするためでした。

作品の最後の部分を引用します。

袁傪は叢《くさむら》に向って、懇《ねんご》ろに別れの言葉を述べ、馬に上った。叢の中からは、又、堪え得ざるが如き悲泣《ひきゅう》の声が洩れた。袁傪も幾度か叢を振返《ふりかえ》りながら、涙の中に出発した。

一行が丘の上についた時、彼等は、言われた通りに振返って、先程の林間の草地を眺めた。忽《たちま》ち、一匹の虎が草の茂みから道の上に躍り出たのを彼等は見た。虎は、既に白く光を失った月を仰いで、二声三声咆哮《ほうこう》したかと思うと、又、元の叢に躍り入って、再び其の姿を見なかった。

問題は、引用した一番最後の文すなわち作品掉尾の一文です。

この文は、「再び其の姿を見なかった」と結ばれています。文の冒頭は、「虎は」となっていて、そのすぐ後に出て来る「既に白く光を失った月を仰いで、二声三声咆哮した」というのも虎の行動ですから、虎を主語とする文のようですけれども、「再び其の姿を見なかった」のは、言うまでもなく虎ではなく、「彼等」すなわち袁傪一行です。つまり、この文は、「虎」を主語として始まったのですが、途中で視点が変わって、袁傪一行を主語とする文になっているのです。

これを、文の途中で視点を変えることなく、主語―述語の関係を明確にしようとすれば、次のようになるでしょうか。

虎は、既に白く光を失った月を仰いで、二声三声咆哮したかと思うと、又、元の叢に躍り入った。一行は、再び其の姿を見なかった。

虎についての描写と袁傪一行についての描写が別々の文に分かれましたから、もとの文よりもずいぶん論理的に明晰になったとは思いますけれども、これだと、最後に来て何だか緊張感がぷっつりと切れたような、少し緩んだ文になってしまったように感じられないでしょうか。

また、ほかにこんな書き方も、できたかもしれません。

虎は、既に白く光を失った月を仰いで、二声三声咆哮したかと思うと、又、元の叢に躍り入って、再び其の姿を見せなかった。

これなら、この文全体が虎についての描写になりますから、文の途中で視点が変わることはありませんし、先ほどの文のような、ぷっつりと切れたような感じも受けないと思います。

ですから、この文だけを取り出してみた時には、これでも悪くないように感じられるかもしれませんけれども、先に引用した原文の本文を改めて見て下さい。そうすると、「一行が……」以降の文が、「……草地を眺めた」「……彼等は見た」「……その姿を見なかった」というふうに、一貫して袁傪一行の行動として語られていることがわかります。それを、最後の文だけ虎を主語にして「その姿を見せなかった」としてしまうことで、一行の行動を描写した畳みかけるような文の勢いが、ほんの少しですけれども、削《そ》がれてしまうように感じられます。

中島敦の書いたもともとの文は、虎の描写で始まった文を、末尾で「見なかった」と再び一行に戻すことで、前の文から続いている緊張感を途切れさせることなく、勢いのあるまま一気に語り了《お》えることに成功しているように思います。

こういう文の書き方は、現代の論理的な文章からは排除されてしまいがちですし、相手に自分の考え方を正確に伝えるという目的からすればより論理的な表現であるべきなのだろうと思いますけれども、かならずしもそうではない文の書き方があって、そういう文でなければ伝えられないものがあるということは、知っておいて良いと思います。

「擬声語」であじわう名文

―夏目漱石『こころ』など―

びょうびょう

「犬の鳴き声は？」と聞かれたら、ほとんどの方が迷うことなく「わんわん」と答えるでしょう。ほかに、「きゃんきゃん」という場合もあるでしょうけれども、それは多くの場合仔犬の鳴き声の表現ですし、「くんくん」とか「わおーん」などというのも、ある特定の状況を想定してのものでしょうから、注釈なしに犬の鳴き声を尋ねられたら、やはり「わんわん」だろうと思います。

もちろん、古今東西同じように聞きなしているわけではなくて、世界各地にいろいろな犬の鳴き声があって、たとえば英語なら「バウワウ（bow wow）」というのは皆さんご存じのとおりです。

では、日本でなら常に「わんわん」と鳴いていたかというと、かならずしもそういうわけではありません。

芥川龍之介の『偸盗《ちゅうとう》』に、こんな例があります。

犬は三頭が三頭ながら、大きさも毛なみも一対《いっつい》な茶まだらの逸物《いちもつ》で、犢《こうし》もこれにくらべれば、小さい事はあっても、大きい事はない。それが皆、口のまわりを人間の血に濡らして、前に変らず彼の足下《あしもと》へ、左右から襲いかかった。一頭の頤《あご》を蹴返すと、一頭が肩先へ躍りかかる。それと同時に、一頭の牙が、すんでに太刀を持った手を、噛《か》もうとした。と又、三頭とも巴《ともえ》のように、彼の前後に輪を画《えが》いて、尾を空ざまに上げながら、砂のにおいを嗅ぐように、頤を前足へすりつけて、びょうびょうと吠え立てる。——相手を殺したのに、気のゆるんだ次郎は、前よりも一層、この狩犬《かりいぬ》の執拗《しゅうね》い働きに悩まされた。（七）

そのぬぐった太刀《たち》を、丁《ちょう》と鞘《さや》におさめた時である。折から辻を曲った彼は、行く手の月の中に、二十と云《い》わず三十と云わず、群《むらが》る犬の数を尽して、びょうびょうと吠えたてる声を聞いた。しかも、その中に唯《ただ》一人、太刀をかざした人の姿が、くずれかかった築土《ついじ》を背負《しょ》って、朧《おぼろ》げながら黒く見える。と思う間に、馬は、高く嘶《いなな》きながら、長い鬣《たてがみ》をさっと振うと、四つの蹄《ひづめ》に砂煙《すなけむり》をまき上げて、瞬く暇に太郎をそこへ疾風のように持って行った。（同）

芥川が実際に書いたのは歴史的仮名遣いで「びやうびやう」という表記ですが、これは「ビョービョー」という音を表わしています。

犬の「びょうびょう」という鳴き声は耳馴れないかもしれませんけれども、ここを一般的な「わんわん」に変えてしまったら、何だか気の抜けたような感じがするのではないでしょうか。目当ての屋敷の襲撃に失敗した盗賊の一人が、獰猛《どうもう》な犬に追い詰められている場面で、死と向い合わせの荒々しい恐ろしい感じは、「わんわん」という鳴き声では表わすことは難しいでしょう。

この場の雰囲気を盛り上げるのに役立っていると思われる「びょうびょう」という鳴き声ですが、これは、芥川独自の表現だというわけではありませんで、ほかに、次のような例もあります。

ただ遠くの方に、時時犬の吠える声が聞こえた。犬は吠えながら走っているらしかった。同じ声が、吠える度に、違った方角で聞こえた。そのうち、不意に宿屋の前に来て、びょうびょうと吠えると思ったら、すぐに止《や》めた。そうして今度は又思いもよらない遠くの方に、びょうびょうと吠える声が微かに聞こえた。私は恐ろしく早い犬の吠え声を何時までも追うて眠らなかった。

（内田百閒『冥途《めいど》』鳥）

百閒のもともとの表記は「べうべう」となっていますけれども、これも音は同じ「ビョービョー」です。

『日本国語大辞典』（小学館）を検《しら》べてみると、犬の鳴き声を「びょうびょう」と表現する地方もあるようです。岡山市の方言として、「影絵の犬の鳴き声」という説明がありますし、百閒は岡山の出身ですから、あるいはこれと関係があるのかもしれません。芥川も百閒を通して「びょうびょう」という犬の鳴き声を知っていた可能性もなくはありませんけれども、そのことと、芥川が自身の作品にその鳴き声を取り入れたこととは直接の関係がありませんから、別の方面から考えてみる必要があります。

犬の鳴き声を「びょうびょう」と表現しているもっと古い用例として、こんなものがあります。

シテ「祈らいでは、それ山伏《やまぶし》といつぱ、山に起き臥すによつて山伏なり、兜巾《ときん》といつぱ、布切をもつてまつ黒に染《そめ》、ひだを取つて頭《かしら》にいただくにより頭巾《ときん》と名付く、また此数珠《このじゅず》は苛高《いらたか》ではのふて、めったな数珠玉をつなぎ集め苛高と名付く、か程尊《たっと》き山伏が一祈り祈るなら、などか奇特《きどく》のなかるべき、ぼろおんぼろおん、いろはにほへ

と、ぼろおんぼろおんぼろおん　犬「べうべうべう　チヤ「はあ、いよいよ知れました、山伏の負けでござるぞ負けでござるぞ
（『狂言記拾遺』巻四「犬山伏」）

『偸盗』の作品の舞台となっている時代がいつとは明らかにされているわけではないのですが、この作品は、芥川のいわゆる「王朝もの」の作品群のひとつで、『羅生門』の続篇のような位置づけにありますから、おおよそ平安時代の末頃を想定して良いだろうと思います。

山口仲美さんによると、犬の「わんわん」という鳴き声が定着するのは江戸時代末期のことだそうで、それ以前は「びょうびょう」とか、それに似たと鳴き声をしていたようです。とは言っても、先ほど引いた狂言の例は、江戸時代に出版された本の中に出て来るものですから、さすがに平安時代までは遡《さかのぼ》れないのですが、芥川が平安時代の犬に「びょうびょう」と鳴かせたことが不適切だったのかというと、かならずしもそういうわけでもなさそうです。

平安時代の犬が一体どのように鳴いていたのか、あまり資料は見当たらないのですけれども、「びょうびょう」に似た犬の鳴き声を、歴史物語である『大鏡』の中に見ることができます。

また、清範律師《せいはんりつし》の、犬のために法事しける人の講師《かうじ》に請《しやう》ぜられて行くを、清照法橋、同じほどの説法者《せほふざ》なれば、「いかがする」と聴きに、頭包《かしら》みて誰《たれ》ともなくて聴聞《ちやうもん》しければ、「ただ今や、過去聖霊《しやうりやう》は、蓮台《れんだい》の上にて『びよ』と吠えたまふらむ」とのたまひければ、「さればよ。異人《ことひと》、かく思ひ寄りなましや。なほ、かやうの魂《たましひ》あることは、すぐれたる御坊《ごぼう》ぞかし」とこそ、褒めたまひけれ。（第六「昔物語」）

（また、清範律師が、犬のために法事をした人の講師に招かれて行ったのを、清照法橋も同じくらいの説法者なので、「どんな説教をするだろう」と聴きに、頭を頭巾で包んで誰とも知られないようにして聴聞したところ、「ただ今、亡くなった聖霊は蓮の台の上で「びよ」と吠えていらっしゃるでしょう」とおっしゃったので、「思った通りだ。ほかの人は、このように思いつくだろうか。やはり、こういう才智のあることは、すぐれたお坊さんだなあ」
とお褒めになった。）

傍線を付けた部分は、ほとんどの注釈書が「ひよ」と清音にしています。平安時代の文献には濁点が付けられていないので、どう読んでいたかはっきりしない場合も多いのですが、ここは濁点を付けて「びよ」と読むことにします。

犬が「ひよ」と鳴くこと自体、ふつうに考えてもあまりしっくり来ませんけれども、「ひ」の発音の歴史を考えると、なおさらおかしく感じます。

「ひ」の音には時代による変化があって、平安時代にはいまの「ヒ」とは違って、上と下の唇をくっつけた状態から音を出す「フィ」のような発音をしていたと考えられています。つまり、「ひよ」は「フィヨ」という発音だったはずで、これでは犬の鳴き声のイメージとは、どうにも一致しません。

さらに遡ると、もっと古い時代には、「ひ」は「ピ」と発音されていたようです。その

「ピ」が「フィ」に変わったわけですけれども、それで「ピ」の発音がなくなってしまったのかというとそうではなくて、擬声語を中心に「ピ」の発音も残っていたと言われています。だとすると、この「ひよ」の音は、「ピヨ」だということになります。犬が「ピヨ」と鳴くなんて、ちょっと考えがたいですね。

ちなみに、同じ平安時代の作品の中で、「ひよ」と鳴く動物はほかにもいて、たとえばこんな例があります。

鶏《にはとり》の雛《ひな》の、脚高《あしだか》に白うをかしげに衣《きぬ》みぢかなるさまして、「ひよひよ」とかしがましう鳴きて、人の後先《しりさき》に立ちてありくもをかし。また、親のともにつれて立ちて走るも、みなうつくし。

（『枕草子』うつくしきもの）

（鶏の雛が、脚の上の方まで白くかわいらしげに短い着物を着ているような様子をして、「ひよひよ」とうるさく鳴いて、人の前後に立ってうろちょろしているのもおもしろい。また、親がいっしょに連れ立って走るのも、すべてかわいらしい。）

ここで「ひよひよ」と鳴いているのはニワトリの雛で、「ひ」が「ピ」の音だとすれば、これはまさに現代と同じ「ピヨピヨ」です。古代人と現代人の感覚はかならずしも同じだとは言えないでしょうけれども、さすがに、犬と雛の鳴き声が同じに聞こえるとは思えません。

先ほど狂言に出て来る「びやうびやう」の例を挙げましたけれども、同じく狂言の中に、こんな例もあります。

柿主「はあ、猿に紛《まが》う所はない、猿と思へば犬ぢやげな、わいやい　山伏「はあ、又こりや犬ぢやと言ふ　柿主「犬なら鳴かうぞよ　山伏「はあ、又こりや鳴かざなるまい、びよびよ　柿主「はあ、犬ぢや犬ぢや、犬かと思へば鳶ぢやげな、わいやい

（『狂言記』巻三・五「柿山伏」）

ですから、先ほどの『大鏡』の例は、やはり芥川や百閒の使っている、そして狂言にも使われていた「びょうびょう」に通じる、もっと古い形として、「びよ」と読むべきだと思います。

芥川が『大鏡』の「ひよ」が「びよ」だということに気づいていた可能性は低いとは思いますけれども、結果として、『偸盗』の犬に「びょうびょう」と鳴かせていたことは、けっしておかしなことではなかったと言えるでしょう。

余談ですが、ここを「びよ」と読むのは著者の発案でも何でもなくて、先ほどの山口さんが夙《つと》に指摘されていて、国語研究の分野では、今ではむしろその方が当たり前になっているように感じています。にもかかわらず、それが注釈書には反映されない——しかも、犬がニワトリの雛と同じように鳴いているのを疑問にも思わない——のは、何とも不思議なことだと思います。

なお、法事の説教で、死んだ犬が極楽で「びよ」と吠えていると言ったことのどこがそれほど優れているのか、いろいろ議論があるようですが、残念ながら確かなところはまだわかっていないようです。

参考：山口仲美『犬は「びよ」と鳴いていた　日本語は擬音語・擬態語が面白い』（光文社新書）

ひとくひとく

古典の作品に見られる擬声語の例が続きますが、次に、「びよ」と同じ平安時代の擬声語で、鶯の鳴き声がどのように表現されているかを見てみましょう。『古今和歌集』に、ちょっと面白い和歌があります。

題しらず　　　　詠人《よみびと》しらず

梅の花見にこそ来つれ鶯《うぐひす》のひとくひとくといとひしもをる　　（一〇一一番歌）

（私は梅の花を見に来ただけなのに、鶯が「人が来る人が来る」と嫌がっている）

鶯が、梅の花を見に来た自分のことを嫌がって、「ひとくひとく（人来人来）」と鳴いている、というのです。鶯が「人が来る」なんて言うわけがないのに、勝手な想像で物言わぬ鳥に人の言葉を喋らせるなんて、所詮平安時代の和歌なんて観念的な空想の産物だ、正岡子規が、『古今和歌集』を「くだらぬ集に有之候《これありそうろう》」（『再び歌よみに与ふる書』）と決め付けたのも宜《むべ》なるかな、と思われる方もいらっしゃるかもしれません。

けれども、先ほど書いたように「ひ」が「ピ」の音だったとしたら、「ひとくひとく」という鶯の鳴き声は、「ピトクピトク」と発音されたと考えられます。亀井孝さんは、これは現代でも小鳥の鳴き声として使われる「ピーチク」という擬声語に対応する形で、どちらも「p-t-k-」という子音を持っていることが共通しているという指摘をしています。もちろん、「人来」は「フィトク」なのですが、その裏で、「ピトク（p-t-k-）」という音が響いているということです。

なお、亀井さんによると、鶯の別名として「三光」というものがあって、江戸時代の文献に、それは鶯が「日月星《ひつきほし》」と鳴くからだとするものがあるそうです。一見したところでは、「日月星」なんてとても鳥の鳴き声とは思えませんけれども、「日月」が「ピツキ」という発音になりますから、これも「ひとく」と同じく「p-t-k-」という共通の形を持っているわけです。

平安時代の人が、小鳥の声を常に「ピトク」と聞いていたとは言えませんけれども、「ピトク」という音から類推できる範囲の音――「p-t-k-」を要素とする音――として、小鳥の鳴き声を聞いていた、とは言えるでしょう。つまり、『古今和歌集』の歌にある「ひとくひとく」というのは、当時の人たちにとって、鳥の鳴き声に容易に引き当てることのできる表現だったのです。

字面《じづら》だけで、鶯にムリヤリ「人来人来」などと鳴かせていると思ったら、ただの言葉遊びの「くだらぬ」歌、現代に生きる我々とは無縁の、遠い過去の異次元の感覚を持った人たちの遺物にしか見えないかもしれませんけれども、こうやって考えてみると、現実の場面を活き活きと切り取った、当時の人たちにとって実感の籠った歌だったことが見えてくるのではないでしょうか。

参考：亀井孝『お馬ひんひん　語源を探る愉しみ』（朝日選書）

どきつく

いま、古い時代の擬声語を取り上げたのは、近代の文章の中にも、こういうすぐれた擬声語に匹敵するものがあることを、ご紹介したいと思ったからです。ここで取り上げるのは、心臓の鼓動の音です。

心臓の音として一般的なのは、「ドキドキ」という擬声語でしょう。びっくりした時、怖かった時、嬉しかった時など、実際に心臓の鼓動の高鳴りを実感できる、実感の籠った印象のある言葉ですから、割に新しい言葉なのかと思うと、どうやらそうでもないようです。次のものは、江戸時代の天保三年（一八三二）の用例です。

素顔自慢《すがおじまん》か寐起《ねおき》の儘《まま》か、繕《つくろ》はねども美しき、花の笑顔に愁《うれゐ》の目元、亭主《あるじ》はびツくり皃《かほ》うちながめ、主「米八《よねはち》じゃアねへか。どふして来た。そして隠れて居る此所《ここ》が知れるといふもふしぎなこと。マアマアこちらへ夢じやアねへか　ト おきかへりてすはる　よね「わちきやア最《もふ》、知れめへかと思つて胸がどきどきして、そしてもふ急ひで歩行《あるひ》たもんだからアア苦しい　ト むねをたたき　咽《のど》がひツつくよふだ。（『春色梅児誉美《しゅんしょくうめごよみ》』初編巻之一第一齣）

ある言葉の後に付いて、そういう状態であることを表わす、「つく」という接尾語があります。たとえば、「錆《さ》びる」の連用形が体言化した「錆び」に「つく」が付くと「錆びつく」という言葉になりますね。

この「つく」が、同音をくり返す擬声語や擬態語の、その一回分、たとえば、「ビクビク」の「ビク」に付くと「びくつく」、「グラグラ」の「グラ」に付くと「ぐらつく」、「イチャイチャ」の「イチャ」に付くと「いちゃつく」に、という言葉になります。

中には、こんな「……つく」もあります。「オドオド」の「オド」と「ゴテゴテ」の

「ゴテ」に「つく」が付いたものですが、どちらもあまり見たことがありません。こんな言葉もある、というご参考までに上げておきます。

お作は妙におどついて、俄《にわか》に台所から消炭《けしずみ》を持って来て、星のような炭団《たどん》の火を拾いあげては、折々新吉の顔を候《うかが》っていた。

「憤《じ》れったいな。」新吉は優しい舌鼓《したうち》をして、火箸を引奪《ひったく》るように取ると、自分でフウフウ言いながら、火を起し始めた。

（徳田秋声『新世帯《あらじょたい》』十二）

飯が済んでから、お作が台所へ出ていると、新吉とお国が火鉢に差向《さしむかい》でペチャクチャと何か話していた。お国が帰ると云うのを新吉が止めているようにも聞えるし、又其《その》反対で、お国が出て行くまいと云って、話がごてつくようにも聞えるが、其話は大分込入《こみい》っているらしい。色々な情実が絡《からみ》合っているようにも思える。

（同三十三）

同じように、「ドキドキ」の「ドキ」に、接尾語「つく」が付いてできあがったのが、「どきつく」という言葉です。


「あ、是《これ》じゃ、この鍔音《つば》じゃ」。

「透かし彫でおじゃるか？」従者《ずさ》が。

「遊びの透かし彫りじゃ。鳴った筈《はず》じゃ。いちご御《ご》、太刀お抜きかけッたか？」

「いかで妾《わらわ》が太刀を……」是ばかりは流石《さすが》のいちごの胸もどきつく。

「何故。鞘走《さやばし》りでおじゃった？」

「なかなか。驚いて取りとめまして気疎《けうと》い音をさせました。」


（山田美妙『いちご姫』第十二）

そのうち末造が来た。お玉は酌をしつつも思い出して、「何をそんなに考え込んでいるのだい」ととがめられた。「あら、わたくしなんにも考えてなんぞいはしませんわ」

と、意味のない笑顔を見せて、ひそかに胸をどきつかせた。しかしこのごろはだいぶ修行がつんで来たので、何物かを隠しているということを、鋭い末造の目にも、容易に見抜かれるような事はなかった。

（森鷗外『雁』弐拾）

一々こんな事で裏切られていては仕方がないと自分で自分を食い止めたが、其内女の人は、ふと彼から見られて居る事を感じたらしく、そして急に表情を変え、赤い美しい顔をして隠れるように急いで内へ入って了《しま》った。彼の胸も一緒にどきついた。そして彼は其人の其動作を大変よく思い、いい感じで、其人は屹度《きっと》馬鹿でないと云う風に考えた。

（『暗夜行路』後篇・第三・二）

『日本国語大辞典』によれば、「どきつく」は「不安で胸が動揺する。胸がどきどきする、むなさわぎする」意味の言葉です。これも今ではあまり使われることはないでしょうけれども、言葉の成り立ちを考えれば、簡単に想像できるでしょう。

ここまで見て来た「ドキドキ」とか「どきつく」なら、心臓の音として特に違和感はないでしょうけれども、それでは、次のようなものはどうでしょうか。

夏目漱石の『こころ』の一節です。

活動々々

父は勝った時は必ずもう一番遣《や》ろうといった。そのくせ負けた時にも、もう一番遣ろうといった。要するに、勝っても負けても、炬燵《こたつ》にあたって、将棋《しょうぎ》を差したがる男であった。始めのうちは珍しいので、この隠居じみた娯楽が私にも相当の興味を与えたが、少し時日が経つに伴れて、若い私の気力はその位な刺激で満足できなくなった。私は金《きん》や香車《きょうしゃ》を握った拳《こぶし》を頭の上へ伸して、時々思い切ったあくびをした。

私は東京の事を考えた。そうして漲《みなぎ》る心臓の血潮《ちしお》の奥に、活動々々と打ちつづける鼓動を聞いた。不思議にも其鼓動の音が、ある微妙な意識状態から、先生の力で強め

られているように感じた。（二十三）

退屈な田舎の生活の中で、「先生」からの手紙を受け取った「私」が、刺激的な東京のことを思って胸を高鳴らせる場面ですが、ここでは心臓の鼓動が「活動々々」と表現されています。

表現されている事柄としては、「心臓が活動してうちつづける」などとあれば良さそうに思えますが、それが「活動々々と打ちつづける」となっています。これはどういうことなのでしょうか。

「活動々々と」の「と」からすると、この「活動々々」は引用で、心臓がそういう音を立てて鼓動しているという表現です。

心臓の鼓動の音は、先ほどから書いているように、普通なら「ドキドキ」ですし、もっと激しく脈拍《う》っているのなら、「ドッキン、ドッキン」とか「ドックン、ドックン」とか表現されるもので、「活動々々」などと鳴るとは到底思えないでしょう。けれども、実はこれも、心臓の音を写した擬声語だと考えられるのです。

字面を追っているだけだと気づきにくいのですが、「活動々々」という言葉を、ゆっくりとリズムを付けて発音してみて下さい。そうすると、これが心臓の鼓動の音に聞こえて来るのではないでしょうか。

カツドウ、カツドウ　k-d-, k-d-
ドッキン、ドッキン　d-k-, d-k-

こうしてみると、kとdの位置が入れ替わっているだけで、子音の組み合わせは共通していることがわかります。「活動々々」という言葉の音は、実は心臓の鼓動の音の印象と似通っているのです。

つまり、「活動々々」というのは、心臓が「活動」を繰り返して「打ちつづける」という意味をあらわした言葉であると同時に、心臓の鼓動の音を活写した擬声語でもあるわけです。しかもその拍ち方は、「ドキドキ」で表わせるような静かなものではなく、激しく「活動」する心臓の音なのです。意味だけでもなく、ただの音だけでもない、両者の融合した表現が、この「活動々々」なのでしょう。
「私」は、父親の病の報を受けて、東京から故郷の父母の許に帰ります。幸い病気も大したことはなく、父親の将棋の相手をすることくらいしかすることがなくて、退屈な日々を過ごしています。田舎での生活に「私」が飽きてしまっていることが、先ほどの引用からも伝わって来ます。

私がのつそつし出すと前後して、父や母の眼にも今まで珍らしかった私が段々陳腐《ちんぷ》になって来た。これは夏休みなどに国へ帰る誰でもが一様に経験する心持だろうと思うが、当座の一週間位は下へも置かないように、ちやほや歓待されるのに、その峠を定規通り通り越すと、あとはそろそろ家族の熱が冷めて来てしまいには有っても無くても構わないもののように取扱《とりあつ》かわれがちになるものである。私も滞在中にその峠を通

り越した。　　　　　　（二十三）

そんな、することもない田舎での生活の中、先生から送られて来た手紙は、東京での刺激のある生活を、「私」の心に呼び起こさせるものでした。退屈な田舎での暮らしと刺激的な東京での生活との対比を鮮やかに浮かび上がらせているのが、この「活動々々」という擬声語なのです。

一見したところでは、ちょっとした言葉遊びのように見えますけれども、「活動々々」という擬声語は、この場面の「私」の精神状態を表わすのに、非常に効果的に使われているのです。

漱石は、優れた言語感覚によって、この言葉を使っているのだと思います。

［丁寧語］であじわう名文

―獅子文六『自由学校』など―

とんでもない

「とんでもない」という言葉を丁寧な言い方に直すとどうなるか？——「正しい日本語の使い方」について書かれた本はたくさんありますが、その中でも常連の話題、間違いやすい日本語の例の中でも、特に有名なもののひとつです。

「ない」には三通りあって、それぞれ、丁寧な言い方の作り方が違います。そんな説明は耳（目？）にタコ、という方も多いでしょうけれども、念のために整理すると、次のようになります。

（一）　助動詞「ない」→「ません」
「欲しがらない」→「欲しがりません」
（二）　形容詞「ない」→「ありません」「ございません」
「傘がない」→「傘がありません」「傘がございません」

(三)　形容詞活用語尾「ない」→「＋ことでございます」
「かたじけない」→「かたじけないことでございます」

(一)と(二)は、難しいことはありません。特に何も意識しなくても、「行かない」を「行きません」に、「お金がない」を「お金がございません」に、という具合に、丁寧な言い方を、簡単に作ることができるでしょう。

注意を要するのは、(三)の場合です。

例に上げた「かたじけない」で言えば、(一)の方式で「かたじけません」などとするのは論外として、語尾だけを(二)の方式で丁寧にして、「かたじけありません」「かたじけございません」と言うのも間違いだ、ということです。

もし、「かたじけある」という言い方があるのであれば、その否定形は、「かたじけありません(ございません)」になるかもしれませんけれども、実際にはそういう言い方はありません。何故なら、「かたじけない」は、言葉としてそれを更に細かく分けることのできない最小の単位＝「単語」、それでひとつの形容詞だからです。ですから、「かたじけない」を「かたじけ」と「ない」に切り離して、「ない」だけを丁寧な言い方にすることはできない、ということです。

そこで、「かたじけない」の後ろに「ことでございます」を付けて、「かたじけないことでございます」という丁寧な言い方を作ることになります。

もっとも、「かたじけない」から一足飛びに「かたじけないことでございます」にしてしまうことには、少々疑問がないわけではありません。

本来は、「かたじけない」の連用形に「ございます」を直接くっ付けて、「かたじけなくございます」→「かたじけのうございます」と言っていたはずです。時代劇などで、武士が「かたじけのうござる」などと言っているシーンを、見たことのある方もいらっしゃるかもしれません。

実際の例としては、こんなものがあります。

長堀を出発して暫く進んでから、山川亀太郎が駕籠《かご》に就《つ》いて一人々々に挨拶して、箕浦の駕籠に戻ってこう云《い》った。
「狭い駕籠で、定めて窮屈でありましょう。其上《その》長途《ちょうと》の事ゆえ、簾《すだれ》を垂れた儘《まま》では、鬱陶《うっとう》しく思われるでありましょう。簾を捲《ま》かせましょうか」と云った。
「御厚意《ごこうい》忝《かたじけの》う存じます。差構《さしかまい》ない事なら、さよう願いましょう」と、箕浦が答えた。

（森鷗外『堺事件』）

最初、かついえ公は此《こ》の中《じゅう》のことを水にながして仲直りをなさろうとおぼしめされ、御こんれいがござりましてから間もなく、のちの加賀大納言さま利家《としいえ》公、不破の彦三どの、かなもり五郎八どの、ならびに御養子伊賀守《いがのかみ》どのをお使者になされてかみがたへおつかわしになり、ほうばい同士矛盾におよんでは亡君の御位牌にたいしてももうしわけなくぞんずるゆえ、こんごはじっこんにいたしたいと申されましたので、そのときはひでよし公もたいそうおよろこびあそばされ、それがしとても同様に存じておりましたところ、わざわざおつかいにてかたじけのうござります、しゅりのすけどのは信長公の御老臣のことでもござれば、なんで違背いたしましょうや、これからは万事おさしずをねがいますと、れいのとおり如在《じょさい》ない御あいさつでござりまして、お使者のかたがたを至極にもてなされておかえしになりました。（谷崎潤一郎『盲目物語』）

形容詞「かたじけない」の連用形の活用語尾「く」が「う」に変化したものですが、こういう現象は、この語に限ったことではなく、音便《おんびん》（ウ音便）と言って、形容詞全般で起こっています。

「伯父様《おじさん》お危《あぶの》うございますよ」

半蔵門の方《かた》より来りて、今や堀端に曲がらむとする時、一個《ひとり》の年紀少《としわか》き美人は其同伴《つれ》なる老人の蹣跚《まんさん》たる酔歩に向いて注意せり。渠《かれ》は編物の手袋を嵌《は》めたる左の手にぶら

提灯《ぢょうちん》を携えたり。片手は老人を導きつつ。伯父様と謂《い》われたる、老人は、ぐらつく膝を蹈占《ふみし》めながら、

「なに、大丈夫だ。あれんばかしの酒にたべ酔って堪るものかい。時にもう何時《なんどき》だろう」

（泉鏡花『夜行巡査』三）


この多襄丸《たじょうまる》と云うやつは、洛中《らくちゅう》に徘徊《はいかい》する盗人《ぬすびと》の中でも、女好きのやつでございます。昨年の秋鳥部寺《とりべでら》の賓頭盧《びんずる》の後《うしろ》の山に、物詣《ものもう》でに来たらしい女房が一人、女の童《めのわらわ》と一しょに殺されていたのは、こいつの仕業《しわざ》だとか申して居りました。その月毛《つきげ》に乗っていた女も、こいつがあの男を殺したとなれば、何処《どこ》へどうしたかわかりません。差出《さしで》がましゅうございますが、それも御詮議《ごせんぎ》下さいまし。

（芥川龍之介『藪の中』検非違使《けびいし》に問われたる放免《ほうめん》の物語）


異人《いじん》というものは、そんなに悲しくなくても、自由にどんどん涙を流す事が出来るも

のかも知れませぬが、痩《や》せこけた醜い老爺《ろうや》が身悶《もだ》えして泣き叫んでいる有様《ありさま》には、ただごとで無いような気配も感ぜられ、将軍家もこれにはお眉をひそめ、途方に暮れた御様子をなさいまして、やがて、陳和卿《ちんなけい》の泣く泣く申し上げる事には、将軍家はその御前身に於《お》いて宋朝医王山の長老たり、我はその時、一門弟としてお仕え申して居りました、おなつかしゅう存じます。ソレハ、夢デ見タコトガアリマス。将軍家は少しも驚かずに即座にお答えになりました。

（太宰治『右大臣実朝』）

店で女客相手の立ち話をしていた五十恰好の小肥《こぶと》りのお上《かみ》さんが元結《もとゆい》を持ったなりで飛んで出て、

「おや、まあ、旦那、お久しうございます」と鼠《ねずみ》鹿《が》の子の手柄をかけた髷《まげ》の頭を下げた。「お初はちょいとお湯《ぶ》へ行ってますんで、直《じ》きに戻りますから」

お上さんは爺さんがずっと面倒をみているお初のおっ母さんである。梯子段のところまで爺さんを送っておいて店へひきかえした。

（矢田津世子『神楽坂』一）

それぞれ、「あぶない」「差出がましい」「なつかしい」「久しい」の丁寧な言い方です。どれも、形容詞の連用形のウ音便に「ございます」が付けられた形です。

こういう言い方は、今ではほとんど使われなくなってしまっていますけれども、しばらく前まではそれほど特別なものではなかったようで、以前、テレビの料理番組で、大正生まれの料理記者の方が「おいしゅうございます」とコメントしているのが、古風な言い方として人気を得ていたこともありましたから、耳にしたことのある方もいらっしゃるでしょう。これも、「おいしくございます」→「おいしゅうございます」ということです。

ほかに、子供向けの文章にも、こんな例が見られました。なお、この本の初版が発行されたのは昭和二八年（一九五三）のことです。

「このタマゴは、きょう、とどけなくちゃならないんだが、おまえ、もってってくれるかね？　おだちんに、このりっぱなリンゴをひとつ、あげるがね。ほら、かごは重くはないよ！」

「ええ、よろしゅうございます。」とシーラは答えました。

（ヒルダ・ルイス＝石井桃子訳『とぶ船』12　マチルダ、くる）

このように、「……うございます」という言い方は、以前にはふつうに使われていたわけですが、それがだんだん大仰《おおぎょう》で堅苦しく感じられるようになって来て、それを少し和らげるために、「……ことでございます」という言い方が「正しい」と考えられるようになったのかも知れません。

もっとも、この「……うございます」という言い方は、古い言葉として完全に死滅してしまったわけではなくて、ごく一部ですが、今でも皆さんが日常的に使っている言葉の中にも残っています。たとえば、「ありがたい」に「ございます」を付けた「ありがとうございます」という言い方が定着しています。もともとは、有ることが難《かた》い、つまり「滅多にない」意味でも使われていましたけれども、今ではお礼の言葉として固定的な言い方に限定して使われているようです。ほかに、「おはようございます」もごく当たり前に使われますけれども、これも「早い」ということを丁寧に言っているわけではなくて、朝の挨拶としての固定的な言い方ですね。

それはそれとして、「……ない」という形の言葉の丁寧な言い方の作り方は、先の法則に則《のっと》っていれば問題はないでしょう。そこまで確認したところで、改めて最初にあげた「とんでもない」という言葉について見てみます。

トンデモハップン

「とんでもない」という言葉も、「かたじけない」と同じく、それで一語の形容詞ですから、丁寧な言い方を作る時に「とんでもございません」とか「とんでもありません」というのは間違いで、「とんでもないことでございます」にするのが「正解」だ、ということになります。

その「とんでもないことでございます」そのものではないのですが、似たような言い方の例です。

先日の私の、あんな、ふざけた手紙には、これくらいの簡単な御返事で適当なのだろうと思い知りました。決して、お怨みしているのではございません。とんでも無いことであります。その点は、なにとぞ御放念下さい。私は、けさの簡単なお葉書のお言葉に依って、私の身の程を、はっきり知らされたのです。かえって有難く思って居ります。

（太宰治『風のたより』）

一方、「間違い」とされる使い方が実際にされている実例としては、こんなものがありました。

ジョーゲンズは、すぐ答えた。「はい、いつになく何度もお見えになりました。マキンチャオさま——それが南米のお客様のお名前でございますが、そのフェリーベ・マキンチャオさま、デヴィットさま、ロングストリートさまのお三人さまで、一晩じゅう——夜中の十二時まで書斎で話し合っておいでになったことがございました」

「その話の内容は？」

ジョーゲンズは眼をまるくした。「とんでもございません！」

「なるほど。これは愚問だったね」ドルリー・レーンは、あっさり撤回した。


（エラリー・クイーン＝大久保康雄訳『Xの悲劇』第三幕第七景）

さて、「とんでもない」の丁寧な言い方の「正しい」例、「間違った」例を確認したところで、これに関連する言葉を見てみましょう。

獅子文六の『自由学校』という小説の中に、こんな一節があります。

「知らないわよ。あんた、とてもトッポイわね。ハマへ遊びにいく意思なんか、全然、ありもしないのに、そんなこといってサ。あんた、今日はピンチなんでしょう。ピンチならピンチと、正直に仰有《おっしゃ》いな。あたしは、持ってるのよ。ハマで、中華料理ぐらい食べたって、平《へっ》チャラなのよ」

「飛んでも、ハップン！　いけませんよ、ユリーにチャージさせるなんて……」

「それが、きらい！　そんな、ヘンな形式主義、ネバー・好きッ！」（五笑会の連中）

この「飛んでも、ハップン！」という言葉は、「とんでもない」から「とんでも」を取り出して、そこに英語の「happen」をくっつけた造語です。言わんとするところは「とんでもない」と大した違いがあるわけではありませんけれども、それよりもくだけた、大袈裟で滑稽味を感じさせる物言いです。

それにしても、「とんでも」と「ない」を切り離すなんて、何たること！　この作品にはほかにも、

「ユリーがですか。とんでもハップンでさァ。あの子は、ユリー・颱風《たいふう》ですよ。荒れるだけしか、能がないんです。……」（夏の花咲く）

という例も出て来ます。

この作品が発表されたのは、戦後間もない昭和二五年（一九五〇）、今から半世紀以上も前のことです。『日本国語大辞典』（小学館）を見ると、このほかにも、壇一雄の『ペンギン記』（一九五二年）から、

「実験か？　莫迦《ばか》々々《ばか》しい。愛情か？　トンデモハップン」

という用例が採られていて、一九五〇年前後の流行語だとしてあります。当時日本に来ていた進駐軍（アメリカ軍）の兵隊が、「never happen」という言葉を良く使っていたことからできたものだと言います。

さて、「とんでもない」の一部である「とんでも」を取り出して、そこに「happen」を組み合わせることができたということは、この当時の感覚において、「とんでも」と「ない」を切り離せた――「とんでも」と「ない」の間に微妙に分離したような感覚があった――ということでしょう。「とんでも」は、ふつうはそれ単独で使われることがないので一語とは言いがたいのですけれども、「ない」と完全に一体化してしまっているわけでもないということです。一九八〇年代には、この言葉を承《う》けた、「とんで《飛》もハップン《（8分）》、歩いて10分」というギャグが流行《はや》ったことがありますから、この感覚は、けっして戦後の一時期に限ったものではないようで、かなりの長きに亙《わた》って、日本語として浸透しているものだと言えます。

ですから、文法的に厳密に考えると、「とんでもございません」という言い方は間違っているようですが、そういう予備知識がなければ、さしたる違和感もなく使うことができてしまっているのは、理由がないことではないのです。「とんでもない」が、「とんでも」と「ない」に分けられるのであれば、「ない」の丁寧な言い方「ありません」「ございません」を「とんでも」に付けることは、一概に間違いだとは言えないことになります。「正しい」日本語がどうあるべきか、という理屈とは別に、実際の言語生活のうえでは、そういう言い方が、かなり古くから行なわれているわけです。

だとすれば、「とんでもございません」という言い方は、正しいとまでは言えないとしても、そう言うことがかならずしも不可能ではない言い方、というふうにも捉えることができるのかもしれません。

つまらない

さて、それではもうひとつ、「とんでもない」に似たようなものとして、「つまらない」

という言葉について見てみることにします。この「つまらない」を丁寧に言うと、はたしてどうなるでしょうか?

この言葉は、もとはと言えば、動詞「詰まる」に助動詞「ない」が接続してできたものではありますけれども、現代語としての「つまらない」は、けっして「詰まる」という動作を否定しているわけではなくて、あくまでも「つまらない」でひとつの意味を表わしているのですから、一語の形容詞と見なすべきものです。ですから、「つまらない」を「つまる」と「ない」に切り離すことはできません。

そこで、「とんでもない」と同じように、先の法則(三)に当てはめてみれば、正しい「つまらない」の丁寧な言い方を作ることができるはずですね。

では、その答えを、大文豪の先生方にお教えいただくことにしましょう。

まずは、漱石先生から。

「画《え》を御描《おか》きになったの」
「やめました」
「ここへ入《い》らしって、まだ一枚も御描きなさらないじゃありませんか」
「ええ」
「でも折角《せっかく》画をかきに入《い》らしって、些《ちっ》とも御かきなさらなくっちゃ、詰りませんわね」
「なに詰ってるんです」

（『草枕』十二）

続いて、獅子文六先生にも。

「でも、亭主の留守も、気楽で、いいもんじゃないの。ちっとは、好き勝手な真似を、やったらいいのに……」
「やってみましたわ……」

「どうだったい？」

「つまりませんでした……」

駒子は、クリクリした眼を挙げて、素直に、答えた。

（『自由学校』女同志）

……？

先の法則にあてはめれば、「つまらない」の丁寧な言い方は、「つまらないことでございます」になるはずでした。ですが、これらはそうはなっていません。一体どういうことなのでしょうか。

先ほど、「つまらない」を当たり前のように形容詞だと書きましたけれども、皆さんのお持ちの国語辞典を見たら、もしかしたら違うことが書いてあるかもしれません。著者の手許にある辞典の中にも、動詞「詰まる」と助動詞「ない」が接続した「連語」だとしているものがありました。「詰まる」と「ない」がどの程度まで一体化しているか、「つまらない」にどの程度もともとの「詰まる」の意味が残っていると考えるかによって、一語の形容詞と認めるかどうかの判定が変わって来るわけです。

先に「ない」の付く言葉の丁寧な言い方の作り方の法則を掲げましたけれども、そもそものところとして、形容詞であるかどうかの判断自体が難しい場合があるわけですから、実はそう一筋縄で行くものではないのです。「つまらない」が一語の形容詞なら、「つまらないことでございます」が「正しい」ことになりますし、形容詞と助動詞が接続したものだとしたら「つまりません」でも良いことになります。

比較的最近のものにも、こんな例がありました。本書の引用の中では少々異色ですが、上げておきましょう。

「失礼ですが、よろしかったら、ごいっしょに飲みませんか」

「ええ」

気の抜けたような返事だった。エフ博士はかまわずに、そばに腰をかけた。

「お見うけしたところ、お元気がありませんが、ご気分はいかがですか」
「つまりませんな。わたしの気分は、つまらないの一語につきます。このところ、ずっとそうなのです」
（星新一『新鮮さの薬』）

ほかにも、「さりげない」「あどけない」「はしたない」「はかない」「がんぜない」「みっともない」などは、間違いなく一語の形容詞と考えられるものですから、「……ことでございます」形式で丁寧語を作るのが正しいように思いますけれども、「やりきれない」や「あぶなげない」なら「やりきれません」とか「あぶなげありません」とも言えないことはなさそうな気もします。

また、「おもしろくない」という言葉が、「おもしろい」と「ない」に分かれると考えて、「おもしろくありません」と言うことはできるでしょうけれども、「おもしろくある」という言い方があるわけではありません。一語の形容詞かどうか、ということで簡単に割り切れるわけではないのです。

同じ「……ない」型の形容詞でも、「とんでもない」のような形容詞由来の「ない」と、「つまらない」のような助動詞由来の「ない」があります。そして、「……」の部分と「ない」との熟合の度合いは一律ではなくて、その度合いが強ければ、「……ことでございます」の形しか作りにくいのでしょうけれども、弱ければ、形容詞由来の言葉なら「……ございません」、助動詞由来の言葉なら「……ません」とすることができる、と言うことはできそうです。

ただし、ひとつひとつの言葉の熟合の度合いは、一概に決めつけることができるものではありません。正しい日本語の使い方の「答え」を知りたいと思って本書をお手に取られている方には申し訳ありません（申し訳ないことでございます？）けれども、そう簡単に言えることではないのです。

杓子《しゃくし》定規に、この言葉の正しい使い方はこれ、という知識を人から仕入れるのではなくて、実際に使われている言葉の中から、どんな言い方がされているのか、ご自身で探してみてはいかがでしょうか。

おわりに

最後に、「附《つけたり》」として、ふたつの問題を取り上げておきたいと思います。

附その1・とんでもございません

本書で取り上げた「とんでもございません」という言い方について、平成一九年の文化審議会の答申「敬語の指針」(http://keigo.bunka.go.jp/guide.pdf)に見解が示されています。やや長文にはなりますけれども、引用しておきます。

部長から「いい仕事をしたね。」と褒められたので、思わず「とんでもございません。」と言ったのだが、この表現は使わない方が良いとどこかで聞いたことを思い出した。「とんでもございません」の何が問題なのだろうか。

【解説1】「とんでもございません」（「とんでもありません」）は、相手からの褒めや賞賛などを軽く打ち消すときの表現であり、現在では、こうした状況で使うことは問題がないと考えられる。

【解説2】謙遜して、相手の褒めや賞賛などを打ち消すときの「とんでもございません」（「とんでもありません」）という言い方自体はかなり広まっている。この表現は使わない方が良い、と言われる大きな理由は、「とんでもない」全体で一つの形容詞なので、その「ない」の部分だけを「ございません」に変えようとする発想に問題があるということである。したがって、その立場に立てば、「とんでもない」を丁寧にするためには、「とんでもないです」「とんでもないことです」「とんでもないことでございます」あるいは「とんでものうございます」にすれば良い、ということになる。

ただし、「とんでもございません」は、「とんでもないことでございます」とは表そうとする意味が若干異なるという点に留意する必要がある。問いの例は、褒められたことに対し、謙遜して否定する場合の言い方である。したがって、「とんでもございません」を用いることができるが、この場面で、「とんでもないことでございます」と言ったのでは、「あなたの褒めたことはとんでもないことだ」という意味にも受け取られるおそれがあるので、注意する必要がある。また、例えば、あの人のしていることはとんでもないことだ、と表現したい場合には、「あの方のなさっていることはとんでもございませんね。」などとは言えないが、「とんでもないことでございますね。」などは普通に用いることができる。

【解説1】で、「こうした状況で使うことは問題がないと考えられる」としているのは、結論としては、本書で書いて来たことと、大きくかけ離れているわけではありませんが、その理由となる【解説2】の説明には、問題があると思います。

ひとつめの傍線を引いた「この場面で『とんでもないことでございます』と言ったのでは、……という意味にも受け取られるおそれがある」とあるのは、自分では謙遜して言ったつもりなのに、相手の言葉に対する反論、批判のように誤解される可能性がある、ということなのでしょう。もしそうだとしたら、そういう言い方は、避けた方が良いということになるのかもしれません。

頭の中でこの言葉の意味だけを考えようとすると、「受け取られるおそれがある」と言われれば、たしかにそうかもしれないと思ってしまいそうですけれども、はたして、本当にそういう「おそれがある」のでしょうか。

実際の言葉というものは、その言葉単独で発せられて理解されるものではありません。傍線を付けた部分の中にも「この場面で」とありますけれども、言葉は、かならずある特定の場面、文脈の中で使われるものです。

こんな例はいかがでしょうか。


「寝ていたって。最初から寝ていたのか。」

「寝ていた。そして俄《にわか》に耳もとでガアッと云《い》う声がするからびっくりして眼を醒《さ》ましたのだ。」

「ああそうか。よく判った。お前は無罪だ。あとでご馳走に呼んでやろう。」

狐が口を出しました。

「大王。こいつは偽《うそ》つきです。立ち聴きをしていたのです。寝ていたなんてうそです。

ご馳走なんてとんでもありません。」

狸がやっきとなって腹鼓を叩いて狐を責めました。

「何だい。人を中傷するのか。お前はいつでもそうだ。」（宮澤賢治『月夜のけだもの』）

【解説2】のふたつめの傍線部で、「あの人のしていることはとんでもないことだ、と表現したい場合には、『あの方のなさっていることはとんでもございませんね。』などとは言えない」としています。この例は「とんでもございません」と同じ方式の「とんでもありません」ですけれども、この場面で、大王（獅子）の言ったことに対して狐が謙遜をしている表現だと理解する余地が、ほんの少しでもあるのでしょうか。ここが仮に「とんでもございません」でも「とんでもないことでございます」でも、狐が、大王の言っていることが「とんでもないことだ」と表現している文脈以外には取りようがありません。これは、98ページに引用した「とんでもございません」の例にも、同じことが言えます。

もちろん、「とんでもないことでございます」に複数の意味があるのはたしかでしょう。「いい仕事をしたね」に対する「とんでもないことでございます」なのか、「いい仕事をしたと思って良い気になってるんじゃないか」に対する「とんでもないことでございます」なのかによって、複数あるうちのどの意味合いで使われているのかは、おのずからわかります。しかもその会話は、まったく脈絡のないところで発言されるのではなくて、本当に大切な仕事を成功させたのか、誰にでもできるような簡単なことを何とかこなした程度なのか、大失敗してまわりに迷惑を掛けているのか、実態のある中で発せられるのです。さらに、部長と部下の人間関係も存在します。

そういういろいろな状況をひっくるめたのが「場面」です。それを背景として発言が為《な》されるのですから、「この場面」における「とんでもないことでございます」に、誤解の生ずることはないはずです。

小説などの文学作品なら、そういう「場面」は作品の中に描かれています。ですから、ある言葉を理解しようとする時に、その言葉の出て来るすぐそばの部分だけ拾い読みしたのでは、言葉の意味を判断するための重要な「場面」を読み逃してしまう「おそれがある」のです。

なお、「敬語の指針」にも「とんでものうございます」という語形への言及があって、理屈のうえではたしかにそうあるべきだとは思うのですけれども、著者はまだその実例を見つけることができずにいます。見つけられないからそういう語形はなかったのだとは言えないのですが、あまり一般に拡まっていた言葉ではなかったと考えておいた方が良いのかもしれません。

附その2・日本語は最後まで読まないとわからない？

日本語の文の構造として、述語が最後に来る、というのは周知のことでしょう。「私は東京に行く」という文なら、最後に来る「行く」が述語です。

この文を英語に直すと「I go to Tokyo」となりますけれども、述語「go」は、日本語とは違って、文の最後ではなく目的語の前に置かれています。そこで、英語は「go」なのか「don't go」なのかという重要な情報を予め提示するから文を最後まで読まなくても「行く」かどうかがわかる、それに対して日本語は、文を最後まで読まないと、「行く」のか「行かない」のかという、文の中の最も重要な情報がわからない、ということが良く言われます。ひいてはこれが、日本語のわかりにくさ、非論理性、などという主張に繋がることも、ままあるように見受けられます。

けれども、この考え方には、大きな間違いがあると思います。それは、「東京に」に比べて「行く」がより重要な情報であることをどうやって決められるのか、ということです。

先の例を、こんなふうに説明したらどうでしょうか。

英語では、目的とする場所がどこなのかが文を最後まで読まなければわからない、それに対して、日本語は、最後まで読まなくてもどこなのかがわかる、東京の話題なのか京都の話題なのかはその文の中で最も重要な情報で、日本語ではそれを予め提示するけれども、英語は最後に持って来る、つまり、英語は文を最後まで読まないとわからない……。先ほどと同じ理屈で、まったく逆の結論が導き出せるのです。

文の中で、目的語より述語の方が重要だ、ということを合理的に説明することは困難です。たとえば、二重橋駅の改札を出たところで、「すみません、皇居には……」と訊ねられたとして、「述語まで喋ってください」と答えることは、まずないでしょう。逆に、「どうやって行きますか？」とだけ言われても、道を訊ねた人の行き先を特定することは不可能ですから、何を答えたら良いのかわかりません。文の中でどの要素が重要なのかは、相対的なもので、一概に述語が重要だとは決められないのです。

ある一文を取り上げて、その中でどれが一番重要な情報かと考えると、何となく述語のように思えてしまうかもしれません。けれども、言葉というものは、それ単独で表現されることはほとんどありません。多くの場合、前から続いている文脈の中で、表現されるのです。そこで、仮に「私は東京に」だけだったとしても、それが週末の行き先を皆で話し合っている文脈の中で発せられたのなら、それだけで十分に用を為すわけですし、逆に、述語を付けて「私は行きます」と言ったところで、目的語が示されなければ何にもならないのです。

日本語に、文の最後に述語が来るという特徴があるのは確かだとしても、だから最後まで読まないとわからない、とは言えないのです。実際の言語生活では「言い差し」ということがしばしば起ります。日本語を言い差すと、たいていの場合、文末に来るべき述語が表現されないことになりますが、それによってコミュニケーションに著しい支障が起るということはありません。

要するに、日本語が最後まで読まないとわからない、というのは客観性を持っていない迷信だということです。わからないのは、まだ表現されていない部分だけで、表現されたところまでは、その時点でわかるのです。まだ表現されていないことがわからないのは、こと日本語に限ったことではないはずです。つまり、日本語では述語が最後に来るからと言って、だから日本語は重要なことが最後になるまでわからない、というのはただの思い込み、固定観念なのです。

ふたつの「附」に共通して言えるのは、言葉の使われ方を考えるうえでは、その言葉だけでなく、その言葉が使われている場面の中で見て行かなければいけない、ということです。大切なのは、個々の言葉に対する知識よりも——もちろんそれが必要ない、とは毛頭言えませんけれども——、自分自身の目で、文章をきちんと読むことでしょう。

実際の文脈を踏まえることなく用例のつまみ食いをすることによって、文章に籠められている思想、感情、そのほか諸々の機微が失われてしまうのではないかと思います。作品全体を文脈をしっかりと考えながら読んで、書かれている言葉のニュアンスをじっくりと読み取ることが、本書のテーマである「あじわう」ことに繋がるのだと考えています。

平成二八年　如月廿日

著者識

読書案内

本書で取り上げた作品を、一覧にしておきます。比較的手に入れやすい文庫本を、〔　〕書きで上げておきましたので、原文を実際にお読みいただきたいと思います。

◆「〔接続助詞〕であじわう名文」

夏目漱石

『坊っちゃん』…明治三九年（一九〇六）。〔岩波〕〔角川〕〔集英社〕〔小学館〕〔新潮〕〔ちくま〕〔ちくま『夏目漱石全集２』〕〔ちくま『夏目漱石（ちくま日本文学）』〕〔ぶんか社〕〔文春『こころ・坊っちゃん』〕。

『吾輩は猫である』…明治三八〜三九年（一九〇五〜一九〇六）。〔岩波〕〔角川〕〔集英社〕〔新潮〕〔ちくま『夏目漱石全集１』〕〔文春〕。

芥川龍之介

『鼻』……大正五年（一九一六）。〔岩波『羅生門・鼻・芋粥・偸盗』〕〔角川『羅生門・鼻・芋粥』〕〔新潮『羅生門・鼻』〕〔ちくま『芥川龍之介全集1』〕〔ちくま『芥川龍之介（ちくま日本文学）』〕。

森鷗外

『青年』……明治四三～四四年（一九一〇～一九一一）。〔新潮〕〔ちくま『森鷗外全集2』〕。

江戸川乱歩

『何者』……昭和四年（一九二九）。〔創元推理〕〔光文社『江戸川乱歩全集7』〕〔文春『江戸川乱歩傑作選　鏡』〕〔ちくま『江戸川乱歩全短篇2』〕〔集英社『明智小五郎事件簿2』〕。

アストリッド・リンドグレーン（尾崎義訳）

『名探偵カッレとスパイ団』……昭和三五年（一九六〇）。〔岩波少年〕。

◆「〔文脈の折れまがり〕であじわう名文」

岡本かの子

『家霊』…昭和一四年（一九三九）。〔岩波『日本近代短篇小説選／昭和篇1』〕〔ちくま『岡本かの子（ちくま日本文学）』〕〔二八〇円〕。

幸田文

『みそっかす』…昭和二四〜二五年（一九四九〜一九五〇）。〔岩波〕〔ちくま『幸田文（ちくま日本文学）』〕

夏目漱石

『それから』…明治四二年（一九〇九）。〔岩波〕〔集英社『それから・門』〕〔新潮〕〔ちくま『夏目漱石全集5』〕。

『三四郎』…明治四一年（一九〇八）。〔岩波〕〔角川〕〔講談社〕〔集英社〕〔新潮〕〔ちくま〕〔ちくま『夏目漱石全集5』〕。

中里恒子

『墓地の春』…昭和二一年（一九四六）。〔岩波『日本近代短篇小説選／昭和篇2』〕。

室生犀星

『あにいもうと』…昭和九年（一九三四）。〔講談社文芸『あにいもうと・詩人の別れ』〕〔岩波『日本近代短篇小説選／昭和篇1』〕。

中島敦

『古譚』「山月記」…昭和一七年（一九四二）。〔岩波『山月記・李陵　他九篇』〕〔角川『李陵・山月記・弟子・名人伝』〕〔新潮『李陵・山月記』〕〔ちくま『中島敦全集1』〕〔ちくま『中島敦（ちくま日本文学）』〕〔文春『李陵・山月記』〕。

◆「［擬声語］であじわう名文」

芥川龍之介

『偸盗』…大正六年（一九一七）。〔岩波『羅生門・鼻・芋粥・偸盗』〕〔新潮『地獄変・偸盗』〕〔ちくま『芥川龍之介全集1』〕。

内田百閒

『冥途』…大正一〇年（一九二一）。〔岩波『冥途・旅順入城式』〕〔ちくま『内田百閒集成

3』〔ちくま『内田百閒（ちくま日本文学1）』〕。

徳田秋声

『新世帯』……明治四一年（一九〇八）。

山田美妙

『いちご姫』……明治二二〜二三年（一八八九〜一八九〇）。〔岩波『いちご姫・胡蝶　他二篇』〕。

森鷗外

『雁』……明治四四〜四五年（一九一一〜一九一二）。〔岩波〕〔新潮〕〔ちくま『森鷗外全集4』〕〔文春『舞姫・阿部一族・山椒大夫　外八篇』〕。

志賀直哉

『暗夜行路』……大正一〇〜昭和一二年（一九二一〜一九三七）。〔岩波〕〔新潮〕。

夏目漱石

『こころ』……大正三年（一九一四）。〔岩波〕〔角川〕〔新潮〕〔集英社〕〔ちくま『夏目漱石全集8』〕〔文春『こころ・坊っちゃん』〕。

◆「丁寧語」であじわう名文」

森鷗外

『堺事件』…大正三年（一九一四）。〔ちくま『森鷗外全集5』〕。

谷崎潤一郎

『盲目物語』…昭和六年（一九三一）。〔新潮『吉野葛・盲目物語』〕。

泉鏡花

『夜行巡査』…明治二八年（一八九五）。〔岩波『外科室・海城発電　他五篇』〕。

芥川龍之介

『藪の中』…大正一一年（一九二二）。〔岩波『地獄変・邪宗門・好色・藪の中』〕〔角川『藪の中・将軍』〕〔講談社〕〔新潮『地獄変・偸盗』〕〔ちくま『芥川龍之介全集4』〕〔ちくま『芥川龍之介（ちくま日本文学）』〕。

太宰治

『右大臣実朝』…昭和一八年（一九四三）。〔新潮『惜別』〕〔ちくま『太宰治全集6』〕。

『風のたより』…昭和一六年（一九四一）。〔新潮『きりぎりす』〕〔ちくま『太宰治全集4』〕。

矢田津世子

『神楽坂』…昭和一一年（一九三六）。〔講談社文芸ワイド〕。

ヒルダ・ルイス（石井桃子訳）

『とぶ船』…昭和二八年（一九五三）。〔岩波少年〕。

獅子文六

『自由学校』…昭和二五年（一九五〇）。〔ちくま〕。

『ペンギン記』…昭和二七年（一九五二）。

壇一雄

エラリー・クイーン（大久保康雄訳）

『Xの悲劇』…昭和三三年（一九五八）。〔新潮〕。

夏目漱石
『草枕』…明治三九年（一九〇六）。〔岩波〕〔集英社『夢十夜・草枕』〕〔小学館〕〔新潮〕〔ちくま『夏目漱石全集3』〕。

星新一
『新鮮さの薬』…昭和四二年（一九六七）。〔新潮『マイ国家』〕。

◆「おわりに」
宮澤賢治
『月夜のけだもの』…執筆年未詳。〔ちくま『宮沢賢治全集7』〕。

新典社新書 70
［文法］であじわう名文

2016年11月10日　初版発行

著者 ——— 馬上駿兵
発行者 ——— 岡元学実
発行所 ——— 株式会社 新典社
〒101-0051　東京都千代田区神田神保町1-44-11
編集部：03-3233-8052　営業部：03-3233-8051
ＦＡＸ：03-3233-8053　振　替：00170-0-26932
http://www.shintensha.co.jp/　E-Mail:info@shintensha.co.jp

印刷所 ——— 惠友印刷 株式会社
製本所 ——— 牧製本印刷 株式会社

ISBN 978-4-7879-6170-9　C0295